AF468916

Ye 42
1872

LA PIPE DE TERRE

—

BIBLIOTHÈQUE NATIONALE RF

D'une terre bien fine et de rare blancheur,
Une pipe d'un sou, rien de plus simple au monde,
Fut acquise un beau jour par un maître fumeur :
Vierge, ovale, mignonne et juste assez profonde,
Ayant tuyau léger, bien percé, trou bien fait,
Aspirant à ravir et tirant à souhait,
C'était, sous tous les points, une pipe accomplie,
Et pour un amateur infiniment jolie ;
On ne peut plus content, notre fumeur heureux
La charge incontinent d'un tabac savoureux ;
Et, pour ne point ternir cette blanche couronne
Que l'amateur soigneux d'un vrai culte environne,
Du milieu du tabac il approche avec soin
Un tison embrasé qu'il ravive au besoin ;
Puis, fumant lentement, avec art et méthode,
Dans un calme parfait, sans que rien l'incommode,
Il aspire sans bruit cette tiède vapeur
Qui charme son palais par son âcre saveur.
Dans ce grave début, si simple en apparence,

La pauvrette souilla sa robe d'innocence ;
Et son maître, cueillant ses premières faveurs,
Dans ses charmes puisa d'ineffables douceurs,
Acquérant par ce fait une preuve complète
Du mérite infini de sa fragile emplète,
A ses yeux vrai bijou, bien plus, riche trésor
Qu'il n'eût point échangé contre son pesant d'or.
Charmé par ce début du plus heureux présage,
Notre homme appréciait chaque jour davantage
De son bijou chéri les rares qualités,
Exemptes de clinquant et de frivolités.
Bientôt voyant noircir sa pipe sans brûlure,
Il en devint d'abord épris outre mesure,
Puis vraiment idolâtre, à la fin presque fou,
Au point de ne songer qu'à sa belle d'un sou.
Ainsi voit-on souvent la fillette novice
Empruntée en amour, sans ruse ni malice,
Et conservant encore sa timide candeur,
Dans le feu du plaisir enflammer sa pâleur
D'un coloris brûlant qui la rend si jolie
Qu'on la mire, l'adore et l'aime à la folie.
Dans cet état, notre homme, éperdûment épris
De sa pipe, à ses yeux sans pareille et sans prix,
L'avait, pendant le jour, constamment à la bouche
Et souvent, dans la nuit, la fumait à la couche ;
Mais aussi qui dira toutes les voluptés,
L'ivresse, le bonheur et les félicités
Qu'il puisait dans le sein de sa pipe chérie,
Quand, dans certains moments de douce rêverie,
Mollement étendu sur un divan oiseux,

Et le dos relevé par un coussin moëlleux,
Il suivait du regard la bleuâtre fumée
Qui, du brûlant cratère émergeant parfumée,
S'élève en vacillant comme un frêle roseau ;
Puis, serpentant en l'air, fantastique ruisseau,
Se dresse tout-à-coup haute, pyramidale,
Pour se tordre bientôt en magique spirale,
Qu'un mouvement de l'air renverse en la brisant
Par lambeaux tortueux qui vont s'élargissant ;
Mais déjà ce n'est plus qu'un filandreux nuage
Sans cesse s'allongeant, s'étirant davantage,
Qui, dans l'air ondulant en rubans gracieux,
S'élève délié, flottant, capricieux ;
Et qui, changeant toujours et de forme et de place,
S'éloigne vaporeux, puis, perdu dans l'espace,
Fond insensiblement dans le vague de l'air
De même qu'au soleil les neiges de l'hiver.
Dans ce moment alors une épaisse bouffée
S'échappant de sa bouche, en long jet, étouffée,
S'élève, se déroule en fougueux tourbillons,
Comme un folâtre essaim tout de blancs papillons ;
Et prenant tour à tour des formes fantastiques,
Bizarres, aux profils onduleux, élastiques,
Se transforme bientôt en tronçons vaporeux
Qui, s'agitant, pressés et se heurtant entr'eux,
Se dispersent errants, et, flottants dans l'espace,
Disparaissent au loin ne laissant nulle trace ;
Ainsi voit-on souvent se perdre dans les cieux
Des nuages brillants qu'on poursuivait des yeux :
Sous des traits délicats riche et fidèle image

De ces beaux rêves d'or qu'on caresse à tout âge,
Et qu'on voit s'envoler au moment du réveil,
Ainsi que la rosée au lever du soleil,
Mirages séduisants, mensonges pleins de charmes
Qu'on regrette pourtant le cœur gonflé de larmes.
Notre fumeur ravi suivant toujours des yeux
Les dessins infinis, changeants, capricieux,
Dans le vide formés par la riche fumée
S'élevant de sa pipe et bientôt parsemée,
Puisait, dans l'imprévu d'un spectacle si beau,
Sans cesse varié, toujours riche et nouveau,
Des charmes si puissants, une si douce ivresse
Qu'ils éclipsaient pour lui les honneurs, la richesse,
Ainsi que tous les biens qu'on admire ici-bas
Et dont le monde épris fait toujours tant de cas.
Grâce aux puissants effets d'un incessant usage,
Pratiqué sur un mode intelligent et sage,
Et grâce aux mille soins dont était entouré
Ce précieux bijou de son maître adoré,
Notre pipe devint, en moins d'une semaine,
Sans aucun coup de feu plus noire que l'ébène,
Ayant au dernier point ce poli séduisant
Qui prête un tendre éclat au jais doux et luisant.
Qu'elle était belle alors avec cette couronne,
Blanche comme le lys, qui sans tache environne
Ses bords immaculés dont la riche fraîcheur
Fait au mieux ressortir sa brillante noirceur !
Oh ! qui ne croirait voir une belle Africaine.
Avec son blanc turban, soyeux, de fine laine,
Et son visage noir, brillant et satiné,

Quand, par un tendre amour, son teint illuminé
Est le plus doux reflet de cette vive flamme
Qui, brûlant dans son cœur, fait resplendir son âme.
Plus épris que jamais, fumant, fumant toujours,
Notre amateur heureux, en moins de quelques jours,
Vit le pâle tuyau de sa pipe chérie
Noircir entièrement sans la moindre avarie ;
Puis étaler enfin, sur le noir le plus beau,
Le reflet chatoyant de l'aile du corbeau.
Dans ce brillant état, sublime, sans pareille,
Notre élégante pipe, ainsi qu'une merveille,
Attirait les regards, faisait ouvrir les yeux,
Et chez tous les fumeurs trouvait à qui mieux, mieux,
De chauds admirateurs, nombre de fanatiques,
Surtout des envieux, délirants, frénétiques,
Dont certains, à prix d'or, n'espérant pas l'avoir,
Dans un rapt odieux plaçaient leur seul espoir.
De même on voit souvent, à la fleur du bel âge,
Une fille aux traits purs, mais au pâle visage,
D'un salutaire hymen savourant les douceurs,
Parer son frais minois des plus riches couleurs ;
Et, sur son teint vermeil, riche métamorphose,
Etalant tout l'éclat du lys et de la rose,
Avec un doux parfum rempli de volupté,
Par les charmes puissants de sa rare beauté
Enchaîner à ses pieds une foule ravie,
Prête à sacrifier et son or et sa vie.
Notre homme trop heureux de se voir possesseur
D'une pipe sans prix pour un fin connaisseur,
Tremblait de la casser ou, chose redoutable,

D'en être dépouillé par un larcin pendable;
Aussi l'enfermait-il dans un superbe écrin
Capitonné de soie et couvert de chagrin,
Prenant, pour s'en servir, mesure toujours sage,
Des soins minutieux rarement en usage.
La belle, étant alors dans toute sa splendeur,
De son corps exhalait une suave odeur
Et charmait le palais avec délicatesse,
Par sa riche saveur exempte de rudesse.
Sublime et doux moment où, riche de santé,
La femme, dans l'éclat d'une mûre beauté,
Bien que de ses beaux yeux la prunelle brillante
N'ait plus la même ardeur et soit moins pétillante,
Etale sur son front plus sobre de couleur,
L'indice gracieux d'un paisible bonheur.
Guidé par les conseils prudents de la sagesse,
Tempérant ses désirs, modérant son ivresse,
Notre docte fumeur, pour ménager son bien
Et mieux le conserver dans un brillant maintien
Par un juste repos, de sa pipe enclavée
Réduisait chaque jour la brûlante corvée.
Malgré les tendres soins et les ménagements
Dont notre homme entourait sa pipe à tous moments,
Un sédiment rugueux, une croûte rebelle
Lentement se forma dans le sein de la belle;
Et petit à petit s'accroissant chaque jour,
Comme un épais enduit s'éleva tout autour,
A rebours imitant, si l'histoire est bien sûre,
Mainte et mainte beauté déjà mûre et bien mûre,
Qui, pour ressusciter son trépassé printemps

Et réparer ainsi les outrages du temps,
Sans pudeur, à grands frais, se couvre la figure
De l'enduit répugnant d'une ignoble peinture;
Ou, pour dire bien mieux, à l'inverse imitant,
Dans leur amer dédain, parfois exorbitant,
Ces ci-devant beautés, au sévère visage,
Qui, quittant à regret et le cœur plein de rage,
Le monde qui les fuit avec un froid dégoût,
En perdant les plaisirs perdent aussi le goût;
Et qui, tombant bientôt dans une indifférence
Pour le qu'en dira-t-on pleine d'irrévérence,
Repoussent ce qui touche à la frivolité;
Et petit à petit narguant la propreté,
D'une couche de crasse ignoble et repoussante
Embellissent leur face osseuse et jaunissante.
Ainsi, sale et crasseuse, et plus, sur le retour,
Notre pipe à son maître inspirait moins d'amour :
Bientôt ce fut plus mal car, la pipe vieillie,
Aspirant la salive en vapeur recueillie,
Mouillait tout le tabac entassé dans le fond
Et formait un culot, cloaque assez profond,
Qui, du feu maitrisant l'action invisible,
De la combustion rendait l'œuvre impossible ;
Et bien mieux fatiguant notre pauvre fumeur,
Le mettait très souvent de fort mauvaise humeur.
Par son maître moins bien qu'auparavant soignée
Et de son noir culot fortement imprégnée,
Notre pipe, à la fin, laissa percer le jus,
Jusque-là demeuré dans ses pores inclus;
Puis se couvrit bientôt de minces vésicules

Semblables en tous points à de fines pustules
Qui, versant de leur sein le liquide onctueux,
D'un pus jaunâtre et plein d'un élément visqueux,
Enluminaient ses flancs d'une essence gluante
Qui, barbouillant les doigts de sa graisse puante
Et pénétrant les chairs assez profondément,
Ne cédait au savon que difficilement.
Ainsi voit-on parfois une vieille matrone,
Méchante Virago qu'ici-bas rien n'étonne,
Mégère s'il en fût, véritable démon,
De même qu'un sapeur portant barbe au menton,
S'humecter le gosier du plus affreux rogome
Pour se donner du cœur, ainsi que fait un homme ;
Et du jus de sarment toujours délicieux
Tant et tant se remplir qu'il ressort par ses yeux;
Ornant avec éclat sa trogne rubiconde
Des rubis les plus beaux et les plus frais du monde.
Comme on le pense bien, notre ami le fumeur
Pour sa pipe était loin d'être de même humeur ;
Aussi, n'avait-il plus, rempli d'indifférence,
Les mêmes petits soins, la même déférence :
Adieu le riche écrin ! c'était dans un étui
Tout simplement de bois qu'il tenait aujourd'hui
La belle ayant perdu cette beauté si rare
Dont il était jaloux, au point d'être bizarre.
Pourtant, par habitude autant que par besoin,
Il s'en servait toujours, mais sans le moindre soin ;
La pauvre vieille, hélas ! devint bientôt juteuse.
Sans cesse distillant de sa coque crasseuse
Certain liquide roux, d'une affreuse saveur,

Agaçant tristement la bouche du fumeur,
Noble et digne pendant de ces vieilles sorcières
Laides, sales, sans goût, méchantes, tracassières,
Sans cesse maugréant et sans cesse en courroux,
Qui, pour se consoler des dédains d'un époux,
Savourent en secret, recette sans pareille,
Les sublimes douceurs de la dive bouteille ;
Et qui, d'un frais tabac avec soin raffiné,
Bourrent cent fois par jour les fosses de leur nez
D'où coule à tout moment certaine humeur saumâtre,
Dégoûtante roupie à la teinte rougeâtre,
Dont la goutte pendante à leur nez cramoisi,
Ainsi qu'un ornement pour le lieu bien choisi,
Glisse et, coulant le long d'une peau racornie,
Tombe, et, s'élargissant sur leur lèvre bleuie,
Pénètre dans la bouche où l'affreuse saveur
Les force à cracher loin cette ignoble liqueur.
Déjà bien loin des jours si chers à sa mémoire,
Où, comblée en tous lieux de louange et de gloire,
Elle était pour son maître un objet précieux,
Constamment entourée de soins minutieux,
La malheureuse pipe, ô humaine faiblesse !
Oubliant follement sa sordide vieillesse,
Son aspect dégoûtant, son affreuse laideur
Et de son noir culot l'insupportable odeur,
Etait on ne peut plus tristement affligée
De se voir par son maître à ce point négligée,
Qu'il ne lui donnait plus le moindre petit soin
Alors qu'elle en avait le plus urgent besoin.
Mais ce qui fatiguait surtout la malheureuse,

C'était de voir grossir cette croûte rugueuse
Qui, ne redoutant plus le tranchant du couteau,
Allait envahissant sans cesse son fourneau ;
Grave inconvénient, désagrément immense
Dont elle redoutait l'affreuse conséquence :
En effet, le fumeur secouant, mais en vain,
Sa pipe fortement dans le creu de sa main,
Pour en faire tomber le culot et la cendre
Que la croûte rugueuse empêchait de descendre,
Comprit qu'il lui fallait, moyen beaucoup plus sûr,
Frapper contre un objet plus solide et plus dur :
Le voilà donc frappant, frappant contre une table
Où tout autre corps dur, de façon déplorable,
Mais détachant si bien la cendre et le culot,
Qu'il ne restait plus rien dans le fond du brûlot ;
Ayant mis de côté soins et délicatesse,
Et secouant parfois avec trop de rudesse
Sa pipe calcinée en plein jusqu'aux rebords,
Notre homme en ébrécha brutalement les bords.
Bientôt la malheureuse, amplement dentelée,
Fut semblable au sommet d'une tour crénelée,
Dont les murs lézardés et rongés par le temps
Elèvent vers le ciel leurs formidables dents.
Image, sous des traits frappants d'exactitude,
D'une vieille beauté quand la décrépitude,
Pliant en deux son corps courbé sur un bâton,
Rapproche de son nez le bout de son menton
Et laisse ressortir de ses lèvres tremblantes
Deux ou trois longues dents, hideuses et branlantes,
Dont le délabrement et l'affreuse laideur

Font des petits enfants l'épouvante et la peur.
La malheureuse pipe, ainsi méconnaissable,
Etait dans un état si triste et déplorable
Qu'elle semblait, hélas! arrivée à la fin
Des tourments douloureux d'un horrible déclin ;
Pourtant elle était loin d'être au bout de ses peines
Et d'échapper si tôt aux misères humaines :
En effet, le fumeur, ayant pris en dégoût
Sa pipe et la posant négligemment partout,
En eut bientôt cassé, comme une frêle argile,
A plus de la moitié le tuyau si fragile.
Par ce grave accident, pour elle désastreux,
Notre pipe, changée en brûle-gueule affreux,
Par son délabrement et ses brèches profondes,
Reflétait la hideur de ces haillons immondes
Qu'étalent certains gueux qui, d'un membre amputés,
En hardis mendiants errent de tous côtés.
Malgré tant de laideur et de décrépitude,
Notre fumeur fidèle à sa vieille habitude,
Du brûle-gueule affreux quand même se servait,
Et, sans le mieux soigner, ainsi le conservait.
Grâce à cette incurie, une mésaventure
Devait mettre bientôt le comble à la mesure :
En effet, le fumeur, au bout de quelques jours,
Ayant négligemment, de même que toujours,
Mis le pauvre brûlot sur le bord d'une table,
Bien qu'un pareil endroit fût très peu convenable,
A terre l'entendit presqu'aussitôt tomber ;
Le malheureux eût dû sur-le-champ succomber ;
Pour l'heure il n'en fut rien : une simple fêlure

Signala seulement cette triste aventure
Qui devait terminer son misérable sort.
Ainsi voit-on parfois, respecté par la mort,
Et portant sur son corps mainte et mainte blessure,
Un vieux brave étaler sur sa rude figure
Une longue balafre, insigne de valeur,
Qu'honore sur son sein l'étoile de l'honneur.
Horriblement changé par la décrépitude,
Ebréché, mutilé, bien plus que d'habitude
Dédaigné, négligé, le brûlot malheureux
Subissait tristement cet état douloureux,
Sans cesse redoutant qu'un accident funeste
De ses jours n'abrégeât rapidement le reste.
Le pauvre brûle-gueule avait, certes, raison
De crainte de finir d'une triste façon
Les jours si tourmentés d'une frêle existence
Depuis un certain temps en pleine décadence.
Un beau jour, en effet, le malheur arriva :
Des lèvres du fumeur le brûlot échappa,
Et, de si haut tombant fatalement à terre,
Sur un humble caillou se brisa comme verre.
Un bruit comme un soupir! puis rien... tout était dit!
O vérité! *Transit sic gloria mundi.*
Hélas! ainsi finit l'humaine comédie,
Quand ne s'y mêle pas l'horrible tragédie.

J.-B. BROSSARD,
Notaire à Châlonnay.

Vienne, typ. et lith. SAVIGNÉ.

www.ingramcontent.com/pod-product-compliance
Ingram Content Group UK Ltd.
Pitfield, Milton Keynes, MK11 3LW, UK
UKHW020233200726
13856UKWH00004B/1741